El Viejo

Pedro Osorio Pérez

El Viejo

Pedro Osorio Pérez

ola
PUBLISHING
INTERNACIONAL

ISBN: 978-1-63765-017-2

Hola Publishing Internacional
Emerson 148, #602 Polanco,
Ciudad de México, México 11560
México: 55-5250-8519
www.holapublishing.com

Impreso y encuadernado en los Estados Unidos de América

Dedico este libro a mi padre, Prudencio, el viejo, el amigo, el hombre que a pesar de todo luchó contra la vida que no ha cesado de ponerle obstáculos y aún sigue luchando, dándome el ejemplo.

Índice

El ofrecimiento

—¡Todo el oro que tengo por esa mujer! —gritó el robusto comerciante atrás de toda la gente, montado en su carruaje tirado por cuatro alazanes y guiado por siete esclavos a pie.

Le seguían otros carruajes de su propiedad. En uno de ellos, hermosas mujeres eran custodiadas por mozos armados:

—¡Prepárenla que me la llevo con las otras! Ja, ja, ja, ja… —Su carcajada fue estruendosa.

De su boca abierta se escapaban trozos de comida. El hombre escupió hacia un lado y gritó a sus mozos:

—Bajen mis riquezas para que esa lindura sea de mi harem.

Amina, ataviada como princesa, escuchó las palabras del hombre. Se estremeció al sólo pensar que su destino fuera que ese comerciante se la llevara. Entonces, buscó entre los presentes la figura de su amado, un joven dedicado al trabajo, valiente y con la experiencia que le otorga la vida dura del campo; sin embargo, no contaba con riquezas ni propiedad alguna, sólo una daga hoja de plata que llevaba consigo como única herencia de su padre.

Lo miró moverse entre los presentes donde él también la buscaba, sus miradas se encontraron: "Amado mío, este es mi camino, ve y busca el tuyo en otro sitio". Él le entendió, porque los que se aman se entienden con las miradas. Khaled, que era su nombre, movió de un lado a otro la cabeza, con su mirada fija en ella, contemplando a su amada que lucía muy bella, como aquella tarde cuando la encontró en el campo, cuando la confundió con una princesa.

Él se encontraba trabajando cuando percibió la presencia de ella. De inmediato dejó sus herramientas para observarla; mas, cuando miró su extraordinaria belleza, se sintió tan atraído que quiso tenerla entre sus brazos, pero notó sus manos callosas y su piel quemada por el sol que sintió pena y sólo se limitó a verla hasta que ella decidió regresar a su casa.

Khaled hizo su trabajo con fuerza y ánimo para poder tener tiempo por la tarde y salir a buscar a la mujer que había visto paseando, pero no la encontró. A la siguiente tarde tampoco tuvo suerte, ni la siguiente, fue hasta la semana completa que la volvió a ver. Se dio cuenta que era sólo una vez por semana cuando ella salía y la esperaba con ilusión para mirarla; pero sólo para ello, porque un hombre tan pobre como él no tenía otra posibilidad más que admirarla como aquél que mira a las estrellas que nunca podrá alcanzar.

Cierta ocasión Khaled, que atento estaba de la hermosa Amina, no pudo más e intentó acercarse a ella para hablarle, pero con mucho cuidado para que no se asustara ni fuera a confundirlo con un delincuente. Cuando ya estaba a unos metros, notó en su rostro sorpresa y miedo, ya que un toro cebú —que había brincado alguna cerca— se abalanzó hacia ella. De momento, no supo qué hacer, más que correr, pero sus piernas no le respondieron como hubiera deseado; el toro se acercaba con tal velocidad y violencia que sintió la muerte cercana. Desesperada intentaba escapar de aquella bestia que no se iba a detener; finalmente, ella tropezó con las raíces de un árbol y cayó de bruces.

El joven, que había reaccionado a la situación sin pensar, corrió casi al instante que el mismo toro y brincó sobre el animal que a punto estaba de embestir a la asustada mujer. Y tomando su daga, la levantó como si ofreciera a los dioses el sacrificio que estaba a punto de realizar; la hoja plateada brilló ante el sol y bajó con tal fuerza y precisión que se incrustó en la base del cráneo del furioso animal, cayendo fulminado como si se postrara rendido ante la fémina que apenas podía entender lo que había pasado.

El joven caminó hacia ella aún agitado por lo que había hecho. Se acercó para ayudarla a levantarse: "Hermosa princesa, espero que estés bien", fue lo único que atinó a decir cuando vio que ella le extendía su delicada mano para que le ayudara a levantarse. Si el toro no le había infundido temor alguno, la cercanía de ella ahora lo hacía temblar; lo notó cuando al extender su brazo para levantarla, vio que sus dedos temblaban sin control, un vuelco en el estómago lo hizo detenerse y sentir el sudor que ahora desprendía de su frente.

Ella notó a un hombre apuesto, delgado, cuyos músculos se notaban bajo su ropa desgastada, de piel morena quemada por el sol, despeinado, con zapatos que apenas resistían el esfuerzo que se hacía al caminar, pero con una mirada penetrante en sus ojos pequeños y café oscuro. Algo vio en él que se le grabaría en su mente y en su corazón, el cual aún palpitaba con fuerza queriendo escapar de su pecho.

Pero pudo controlar su emoción y preguntó al joven que se había quedado quieto: "¿Acaso no me vas a ayudar a levantarme?".

Escuchó las palabras, no podía creerlo, ella que era como la diosa del amor encarnada, le hablaba y, además, estaba a punto de tocarla. Todo ello le causaba un estremecimiento en el cuerpo que no podía expresar más palabras; temblando y sudando como estaba, extendió su brazo y le ayudó a levantarse. Su piel tan suave, su mano tan delicada, no era posible que eso pasara; él, un pobre jornalero, ahora tocaba a un ser divino.

—¿Qué te pasa, por qué no respondes nada? —La escuchó y sus palabras lo intimidaron tanto que trató de hablar, pero tartamudeó al hacerlo.

La había idealizado tanto que ahora que la tenía cerca no daba crédito a su suerte. Desde el primer día que la vio, se había enamorado de ella, era su diosa en carne y hueso. Toda una dama.

—¿Eres mudo?

—N…, no.

—Gracias por salvarme, no sabía qué hacer. Vamos a mi casa, mi padre te recompensará.

—No lo hice por eso.

—Pero lo mereces, me salvaste la vida, ¿te das cuenta…? No tengo cómo pagarte.

—Ya lo hizo, princesa, cuando se dignó a mirarme. —Al pronunciar estas palabras se dio cuenta que el valor para decírselo le salía del alma.

—No digas eso —nadie le había dicho algo que la hubiera hecho sentir tan bien, como ese joven lo hizo—. No tengo nada conmigo para compensarte.

—Le digo que ya lo hizo, cuando me miró, me noté en sus ojos claros como cuando me asomo al agua del río y me veo como si estuviera en el cielo, ahí entre nubes, en la inmensidad azul, en los dominios del viento.

Ella no supo qué responder, en sus palabras había algo que le atraía, no podía dar crédito si era sincero o sólo la estaba adulando. Sólo se acercó a él y le dio un beso en la mejilla.

—Gracias, nunca lo olvidaré.

Él vio que su hermosa princesa estaba por irse, que se iba…, y que quizá por el incidente con el toro ya jamás iba a querer salir a pasear sola y, por lo tanto, ya no le podría hablar otra vez.

—¿Puedo volver a platicar con usted?

—Claro, me daría mucho gusto. Sabes, me siento muy sola en estos lugares, no tengo a nadie con quien platicar ni salir a pasear al campo que me gusta tanto; además, así me cuidarías. ¿Te parece bien?

—Sí. –Sólo eso contestó, no pudo pronunciar nada más.

—Pues entonces mañana te veo aquí mismo. Ya tengo que irme porque, si tardo más, mi padre enviará por mí y no quiero que se enoje.

Dio la vuelta y se fue caminando cadenciosamente, moviendo su cuerpo con tal sensualidad que el joven apenas parpadeaba al mirarla alejarse.

A la siguiente tarde el joven fue puntual, pero ella no llegó. Fue quizá por la emoción de él que no se dio cuenta que sólo la podía ver una vez a la semana, hasta ese momento se percató de ello; sin embargo, se sentó a esperarla, así como todas las tardes hasta que se cumplió la semana y pudo ver a su diosa encarnada acercarse por la vereda.

—Hermosa princesa, te esperaba.

—Pues ya estoy aquí. Pero dime una cosa, ¿por qué me dices princesa?, no lo soy y tengo mi nombre. Me llamo Amina. ¿Ahora dime, cómo te llamas y quién eres?

—Mi nombre es Khaled. Siempre he vivido solo. A mis padres no los conocí. Una anciana me cuidó de pequeño. Al morir ella, tuve que ganarme la vida trabajando en cualquier cosa. Cuando me acercaba a alguien para pedirle ayuda me rechazaba porque andaba andrajoso. Los niños me apedreaban gritándome cosas como si fuera un animal. Sólo la familia dueña de estas tierras me deja trabajar para ella y con ello ganarme algo de comida y un lugar donde dormir junto a los animales. Así que mi vida no vale nada.

—No digas eso, algún día te darás cuenta de que todos tenemos un destino y que fuiste llamado para cumplir una misión en esta vida. Para mí no es diferente, lo que nos hace iguales es que ambos hemos sido menospreciados. A mí me han elegido como a cualquier animal que se engorda y después se lleva al mercado para venderlo. No significa más la ropa ni las joyas en una persona, si no se fijan en tu corazón, lo que en verdad sientes por ser persona y no un objeto.

Fue entonces que se identificaron mutuamente, hablaron de sí mismos, lo que nunca se habían atrevido a hablar con los demás. Cada semana se veían, poco a poco se necesitaban más uno al otro. Cuando no se veían, se extrañaban y cuando se encontraban, querían no separarse. Se perdían en el tiempo, el amor brotó entre ellos, se amaban y pasaban las horas juntos. Hasta que en una ocasión ella llegó tarde a su casa, cuando ya habían llegado sus padres, por lo que le prohibieron salir.

Khaled fue a buscarla, pues tenía tiempo de no verla. No le importó el riesgo ni lo que ocurriera. Tocó a su ventana. Salió ella preocupada:

—¿Qué haces aquí? Te pueden ver y si lo hacen, te matan.

—Mi vida no vale nada, dime sólo una cosa: ¿es que ya no te volveré a ver?

—No, el domingo me llevan al pueblo para exhibirme; alguien dará una gran dote por mí y mis padres vivirán bien.

—No puedo dejar que pase eso, tú eres mía.

—No puedes evitarlo. A menos que tengas algo valioso que ofrecer como dote por mí.

—Nada tengo, pero…

Amina no lo dejó terminar, le dio un beso para callarlo. Un beso inesperado aunque él lo había soñado tantas veces. Sus labios suaves y frescos le dejaban una sensación en sus propios labios que sería difícil quitársela. Cuando él intentó reaccionar y tomarla entre sus brazos, escuchó ruidos, era el padre de ella quien se acercaba. Sólo le dio tiempo a mirarla a los ojos que con ternura le pedían que se fuera; emprendió la huida escuchando las maldiciones del hombre que hubiera querido alcanzarlo para descargar en él toda su molestia. Khaled, en su carrera, volteaba varias veces para ver si lograba verla, pero sólo hasta el día de la dote lo podría hacer.

Cuando llegó el domingo, en la plaza principal del pueblo se hallaba reunida la gente desde muy temprano; habían colocado el templete donde habrían de mostrar a las mujeres más hermosas de la comarca, esperando que se ofreciera buena cantidad por ellas para beneficio de su familia. Alrededor del templete estaban colocados los puestos de los mercaderes, quienes sacaban provecho del día de la dote, atrayendo aún más gente para invitarle a quedarse al momento del ofrecimiento.

No habría que esperar mucho tiempo, pues en unos instantes salieron a la vista de la gente todas las doncellas que habían sido elegidas por la comisión del pueblo para llevar a cabo la subasta. Todas ellas vestidas con finas telas de diversos y llamativos colores, adornadas con las joyas familiares. Amina lucía esplendorosa entre todas, su rostro resplandeciente llamaba la atención de los hombres que ya preparaban sus dotes. Pronto fueron seleccionando a las jóvenes, organizándolas para salir en orden, una por una. A Amina le tocó al final, porque confiaban que su belleza cerraría con broche de oro.

Khaled alcanzó a llegar para verla bajar del templete y perderse nuevamente al entrar por una puerta de la casa principal del pueblo. Entonces vio a los hombres bien vestidos que contrastaban con su ropa humilde y remendada. Esos hombres que tenían riquezas, aquellas que él nunca hubiera soñado tener algún día y que ahora las necesitaba para recuperar a su amada.

Salió la primera jovencita y algunos hombres plantearon su oferta:

—Diez collares de perlas —Todos oyeron el grito y no hubo quien la contradijera, se la llevó así de fácil.

Pasó la segunda y ofrecieron por ella perlas y esmeraldas, por la tercera, perlas, rubíes y esmeraldas. Así fueron pasando una a una, mientras la gente veía cómo cambiaban de familia sin ninguna otra situación más que la dote en riquezas que ofrecieran a sus padres por ellas. Khaled también miraba y se daba cuenta que era cada vez más difícil que volviera besar a su princesa.

Terminaron de pasar las mujeres previas a Amina, ahora, sólo faltaba ella. Salió entonces provocando un murmullo entre los espectadores; hombres que admirados por su belleza trataban de acercarse, incluso, las mujeres no dejaban de murmurar sobre ella. El joven trataba de verla, pero no podía acercarse para hablarle. Su primera intención fue raptarla, salir huyendo del lugar y perderse entre las montañas que él conocía muy bien, ahí nunca los encontrarían. Mas eso era imposible con tanta gente.

—Ofrezco por esta bella mujer las joyas más preciosas que tengo... —Se oyó una voz que continuó—: perlas, rubíes, esmeraldas y diamantes.

Khaled caminaba entre la gente, escuchando y sufriendo, de repente levantó la mirada hacia el estrado y observó los grandes ojos de Amina, cuya mirada le hablaba; también la miró fijamente y le contestó de igual manera, moviendo su cabeza de un lado a otro: "No iré a ninguna parte, mi destino es estar a tu lado siempre".

En esos momentos volvió a escucharse la voz del comerciante:

—Tengo este cofre lleno con joyas a cambio de esa mujer que tiene tal belleza que las mismas diosas envidiarían. —Se escuchó un murmullo general.

Nunca nadie había ofrecido algo así por una mujer. El joven escuchó la discusión y buscó a su amada con la mirada, acercándose poco a poco hasta que ella pudo verlo a los ojos. Así pudieron comunicarse: él le pedía que no lo abandonara, que siguiera con él; ella le prodigaba amor, pero le pedía resignación porque no podía hacer nada. Ella comprendió que nunca volvería a estar con ese joven que le había salvado la vida y de quien ahora se iba a separar. Miró hacia el cielo murmurando entre labios: "Señor mío, padre de todo lo que existe, tú que puedes, ¡ayúdame! Si tengo que cumplir con esta encomienda para dar riqueza a mi familia, que ofrezcan por mí lo que compense el amor que siento por el hombre que amo". Volteó a ver al joven y con ese gesto entendió lo que debía hacer.

Los hombres se enfrascaron en una discusión por la dote y el beneplácito del padre, quien sólo pensaba en las riquezas que por ella iba a recibir. Volvió escucharse la voz del comerciante:

—¡Dije que ofrezco por ella lo que pese en oro, así que traigan una balanza!

Amina escuchó la oferta y miró al hombre, pensando: "¿Acaso este es el precio por el amor? Señor, si este es el precio del verdadero amor, lo aceptaré, pero si no, ayúdame a encontrarlo". Buscó a su amado y le dirigió una mirada tierna, pero vio en sus ojos un brillo que no había visto antes.

Los ayudantes fueron de inmediato y regresaron con una enorme balanza; subieron a la joven en un platillo y en el otro colocaron el oro de los arcones que llevaban los criados de ese hombre. Colocaban piezas de oro, pero, mientras más subían, la balanza no se movía.

—¿Acaso me quieres engañar? –gritó el hombre al padre de Amina——. Si es así, mandaré a cortarte la cabeza.

—¡No señor! ¡Le juro que no es así! Yo mismo no comprendo lo que pasa.

—Entonces revisa la balanza, que tu vida depende de ello.

El padre de la mujer la hizo bajar y a la par bajaron el oro. Ella estaba desconcertada como todos, pero guardaba la esperanza de que no pudieran llevársela. Revisaron el artefacto, estaba bien, no tenía nada que le impidiera funcionar correctamente. Volvieron a subir a Amina y al oro, pero la balanza seguía sin moverse. Quizá había algo que no notaron; nuevamente, bajaron a la joven y al oro. Volvieron a revisar. ¡Todo estaba bien! En eso, al padre de ella se le ocurrió subir a otra joven y poner piezas de oro hasta que la balanza se equilibró.

—Ve, señor, la balanza sirve. –Dijo el padre.

—Así lo veo, mas no es a esa mujer a quien quiero, sino a tu hija. Así que hazla subir que ya me estoy hartando de esto.

Volvieron a subirla y también al oro, mas la balanza no se movía. La gente se sorprendió, pues nunca habían visto algo así. Fue entonces cuando intervinieron los otros hombres que habían discutido:

—Quizá con más joyas se mueva —gritó uno de ellos—, pues pongamos las nuestras —dijo el otro y así lo hicieron, pusieron las joyas sobre el oro, pero la balanza aún no se movía.

—Usas trucos para ganar más dote —gritó el comerciante nuevamente—. Quieres engañarme y por eso vas a pagar con tu vida. Además, me llevaré a tu hija sin dejar nada para tu familia.

Al escuchar esas palabras, Amina se estremeció, pues en verdad amaba a su padre y creía que pasar por todo ello para al final dejar a su familia en la miseria, no valdría la pena. Mas los hombres estaban dispuestos a ejecutarlo.

Cuando la princesa vio que todo estaba perdido, quiso gritar que se iría con ese hombre a cambio de que no mataran a su padre. De pronto, escucharon una voz más:

—¡Quiero hacer un ofrecimiento! —Miraron hacia el lugar donde provenía la voz, era el joven labrador que avanzaba lento, pero seguro de lo que iba hacer.

—¿Qué haces tú aquí? —le espetó con furia el padre de ella—. ¡Lárgate! ¡Tú no tienes nada que ofrecer!

La gente estaba a la expectativa y no se atrevía a expresar palabra alguna, apenas se alcanzaba a detectar la respiración entre quienes se encontraban hombro con hombro, mirando al joven caminar hacia el templete y buscando la mirada de Amina, quien preocupada también lo veía subir por la escalinata. Notó en él algo diferente y se preguntaba qué era lo que podía ofrecer por ella si el oro y las joyas que habían depositado en la balanza, no habían podido equilibrarla con su peso.

—¡Baja de ahí! —le gritó el padre.

—¡Sí, baja ya! —secundó el hombre rico—. Nada puedes ofrecer, mírate en qué fachas te encuentras, bien podrías servirme como criado y, así, podrías comer algo…, ja, ja, ja, ja.

Su risa no fue seguida por ninguno de los espectadores, incluso, de entre ellos salió un grito: "Déjenlo que ofrezca". Entonces, se escucharon más voces que al unísono gritaban: "Sí, déjenlo". La gente insistió tanto que los hombres decidieron que el joven hablara, pero fue más por calmar a la multitud que porque tuvieran la esperanza de que Khaled pudiera ofrecer algo mejor que el oro y las joyas ya ofertadas.

—Tengo algo que dar —dijo con seguridad—. Por favor, bajen ese oro y esas joyas que he de hacer mi ofrecimiento.

Aún incrédulos, los ayudantes bajaron la dote ofrecida por los ricos. Dejaron a Amina en uno de los platillos de la balanza, bajando completamente de su lado. El joven subió al otro platillo ante la mirada de todos, pero tampoco se movió. Los hombres ricos rieron a carcajadas y le gritaron: "Tan desnutrido estás que pesa más ella que tú". Todos los presentes se mofaron del joven hasta que se atrevió hablar:

—El amor de una mujer es tan grande que cuando es verdadero y lo prodigue con sinceridad a un hombre, no hay oro ni joyas en el mundo que puedan compensarlo. Y, por eso, es que el hombre no tiene otra cosa más valiosa que ofrecerle más que su propia vida.

El pueblo quedó en silencio mientras Khaled sacaba de entre su ropa la daga que siempre llevaba, aquella que había utilizado antes para salvar la vida de su princesa, como le llamaba a Amina. Levantó la daga hacia el cielo, parecía que destellaba por un momento. Todos miraron curiosos, cuando el joven bajó con fuerza la daga directo al corazón, se incrustó limpiamente hasta el fondo. Él cayó sobre el platillo, antes de expirar, alcanzó a mirar a su amada que estaba atónita con lo sucedido y, en esa mirada, juraron que su amor trascendería de esta vida para encontrarse en la eternidad. Entonces, la balanza se movió y se equilibró al instante.

El Cerro de la Estrella

~·~

Antes de que vivieran en el mundo los macehualtin y los pipiltin, habitaron en estas tierras los seres divinos que pusieron color y nombre a todo lo que existe en el universo. Fue en el tiempo de cuando Tezcatlipoca y Quetzalcóatl formaron el cielo y la tierra con el cuerpo de la abominable Tlaltecuhtli. Fue en ese tiempo cuando los creadores extendieron por el orbe conocido todas las flores, los árboles, las aves, las montañas y los mares.

Fue entonces cuando Quetzalcóatl, señor creador de todo lo que existe, ideó que debía haber una doncella que fuera tan hermosa que en ella se viera la grandeza de los dioses y la bondad de su corazón. Tal idea llenó de emoción el alma de la gran serpiente emplumada. El gran señor derramó una lágrima que captó en su mano, la encerró en su puño y en perla la convirtió. Quetzalcóatl lanzó la perla a un lago hermoso que cubría gran parte del valle del Anáhuac, pues fluía desde Texcoco hasta el Tzompantli ubicado al pie de un frondoso cerro.

Desde el fondo del lago, la perla resplandecía, su luz era tan intensa que parecía que el corazón del gran creador brillaba en la profundidad del agua. Pasaron muchos días y muchas noches. El sol y la luna siempre detenían su eterno recorrido para reflejarse en el agua del lago, para comparar su luz con la de la perla.

Llegó la ocasión en que la perla del lago emergió envuelta en una luz tan blanca como si fuera un lucero en el firmamento. De ella nació una doncella convertida en una hermosa mujer. Los dioses la nombraron Zitlalli, la estrella, por la luz que desprendía. A ella le dieron la encomienda de cuidar del lago, de los peces y la vegetación que se encontraba a su alrededor.

Zitlalli brillaba por su belleza, además de su gentileza. Durante el día, se dedicaba a cuidar de las flores: les ponía color en sus pétalos, les quitaba sus hojas secas y, usando sus manos, les prodigaba agua necesaria. En las noches gustaba de caminar por la orilla del lago con su vestido blanco, después subía al cerro para mirar desde lo alto el hermoso paisaje.

Tecuciztécatl, el dios que se transformó en la luna, al ver lo hermosa que era la doncella, se enamoró de ella. Cuando la vio subir al cerro le habló con entereza:

—Eres tan gentil, hermosa princesa, que siento amor por ti.

Zitlalli, al escuchar las palabras de la luna, se sintió halagada y su corazón latió con fervor. Hace tiempo que ella también se había enamorado de su resplandor.

—Tecuciztécatl, mi señor, con tu claridad enciendes mi corazón, siempre brillante y pleno. También te quiero, eres en mi vida lo mejor.

Desde entonces platicaban los dos. Y cada noche el cerro se iluminaba en plenilunio de amor. Tecuciztécatl le contaba sus penas porque sufría de soledad a pesar de estar con las estrellas. Lo mismo le decía Zitlalli de su encomienda que le había dado el creador. Mas, al llegar el amanecer, debían separarse, pues el astro rey debía ocupar el lugar y Tecuciztécatl la tenía que dejar.

—Te esperaré, amor mío. Hasta que regreses al fin. Cuando se retire el sol, estaré a la orilla del lago y subiré a la cima del cerro para encontrarme contigo.

Era ante los ojos de los creadores una relación armoniosa. El amor de ambos no podía estar mejor. Sin embargo, la diosa Tlaltecuhtli no estaba conforme con lo que veía, pues pensaba que en sus entrañas no debía existir una diosa mejor que ella, así que hizo reproducir en la tierra infinidad de serpientes que se esparcieron por todos lados, invadiendo las orillas del lago y los cerros cercanos.

Más que las mordeduras, eran las palabras que pronunciaban las que hacían daño; entre las mujeres esparcieron la creencia de que Zitlalli hechizaba a los hombres con su belleza, con su piel clara y sus ojos brillantes, que sintieron nacer en sus almas el rencor más profundo.

Entonces, las divinas damas vieron lo que no existía, que sus hombres se enamoraban de la diosa del lago, que se perdían en sus deseos vanos hasta olvidar quiénes eran. Y aunque Zitlalli no daba motivo para verse con ellos, los hombres salían a su encuentro para mirar sus encantos.

—¡Es un ser perverso! —les dijo una mujer a las otras que se encontraban en el recinto sacro alabando a los creadores.

Tlaltecuhtli le hizo creer, a través de una de sus serpientes, que el lago se iba a secar y la vegetación se iba a perder, que se iban a ir todas las aves, que moriría todo alrededor del cerro si es que Zitlalli seguía en el lugar.

No podían permitir que todos sufrieran por tenerla a ella, así que decidieron correrla. Y aprovechando que Tecuciztécatl se encontraba lejos en su recorrido, tomaron antorchas encendidas para perseguirla. Zitlalli, que se encontraba a la orilla del lago, fue avisada por pequeños insectos que se habían dado cuenta de todo.

La hermosa princesa sintió temor y quiso subir al cerro para llamar a su amado, pero el camino estaba demasiado oscuro. Los insectos que acompañaron a Zitlalli también estaban preocupados, se agitaron tan rápido que sus cuerpos encendieron una pequeña luz y al juntarse todos iluminaron el camino de la joven.

Por más prisa que se daba, veía que casi la alcanzaban. Las mujeres iban con sus antorchas en busca de ella, siguiéndola hasta la cima del cerro. Ahí arriba, los insectos apagaron sus luces y Zitlalli se escondió en el hueco de un árbol. Las mujeres pasaban cerca de ella sin darse cuenta de su presencia.

—¡Se escondió en algún lugar! ¡Debemos hallarla! —gritaban las mujeres ofuscadas por no encontrarla.

—¡Quememos todo y que se queme ella! —les dijo la más frustrada.

Las mujeres prendieron fuego a todo lo que había y formaron grandes llamaradas que pronto alcanzaron el lugar donde se escondía la gentil doncella. Las mujeres, al ver lo que habían hecho, entendieron las consecuencias y huyeron del lugar despavoridas. Los dioses se dieron cuenta del fuego en la cima del cerro, así que se apresuraron para llegar al lugar.

El gran dios Tláloc se posó sobre el cerro envuelto en fuego para dejar caer torrentes de agua que lograron disipar las llamas; sin embargo, había quedado sólo una, la cual salía del tronco de un árbol totalmente quemado. Era el cuerpo de Zitlalli que por el fuego se estaba quemando.

Los dioses ya no pudieron hacer nada por ella, sólo sintieron pena. No quisieron apagar la llama que envolvía a la doncella, pues era una luz tan bella que iluminaba el cerro como si fuera de día. Sin embargo, poco a poco, se iba consumiendo. Quetzalcóatl hizo que las llamas formaran una estrella que se posó sobre el cerro.

Tecuciztécatl supo de lo ocurrido por Ehécatl, quien a través del viento le hizo llegar el mensaje, y fue tanto su enojo que su cuerpo se hizo aún más grande de lo que era comúnmente. Su rostro se pintó rojizo, avanzó por el cielo oscuro. Le llevó toda la noche llegar hasta el cerro y lo único que encontró fue la hermosa estrella.

La pena del dios luna fue tan grande que empezó a llorar en forma desgarradora; se desvaneció lágrima a lágrima, tanto que al amanecer sólo quedó una estela blanquizca sobre todo el cerro y su alrededor. La luna había quedado desecha cubriendo el territorio sin poder salvar a su amada.

Tezcatlipoca y Quetzalcóatl sintieron pena por lo ocurrido entre los enamorados, que decidieron colocarlos juntos en el firmamento para que así estuvieran siempre juntos. Por ello, cuando Tecuciztécatl hace su constante recorrido, Zitlalli siempre lo espera arriba del cerro donde se prodigaron su amor.

Cuenta la leyenda que cuando los enamorados llegan a separarse por sus constantes recorridos en el firmamento, se reúnen nuevamente varias veces al año para seguir juntos, y platican cosas de enamorados sobre el cerro de Zitlaltepec.

Los perros en la noche

¿Has escuchado a los perros ladrar en la noche? ¿O cuando todo se queda en silencio? ¿O cuando a lo lejos sólo se escucha el motor de un tráiler que frena o la sirena de alguna ambulancia? ¿Has escuchado los sonidos en medio de la oscuridad? ¡Tantas cosas suceden!: los gatos hacen ruidos feos y, a veces, se logra escuchar el silbido del viento o las gotas que caen sobre los techos de las casas cuando llueve. Pero algunas noches los perros ladran más raro que en otras.

—Cuando los perros ladran en la noche, es porque ven a la muerte —me dice el abuelo acercándose a mí con su aliento a licor, después de que regresa de echarse sus "alipuses" con sus amigos. —Escucha…,

¿los oyes? —me dice—. Están ladrando de una manera particular. Los perros tienen su forma de ladrar para cada cosa, por ejemplo, cuando es gente que pasa por la calle, su ladrido es más rápido, lo hacen para asustarlos. Cuando es contra otros perros, lo hacen con coraje porque no quieren que se acerque a su territorio. Pero cuando ven a la muerte, lo hacen como si estuvieran llorando, porque les da miedo…, al ladrar se escuchan los sonidos muy lastimosos y, entonces, como no saben qué hacer, aúllan, anunciando que alguien va a morir.

Eso que me cuenta el abuelo me llena de miedo porque mi hermanito ha estado muy enfermo; no sé qué le pasa. El doctor sólo habla con mi papá y mi mamá. Tiene ya muchos días que viene el doctor y lo revisa. "¿Cómo estás?", le pregunta siempre; es una pregunta que hace ya sin mirarlo. Antes lo miraba y sonreía, pero eso fue cuando apenas se había enfermado; ahora, ya ni lo ve porque está sacando sus aparatos, esos que le pone cada vez que llega. Mi hermano le contesta que se siente bien, pero lo hace para ver si ya puede salir a jugar conmigo.

El doctor no le hace caso, sólo lo revisa y luego se levanta: "¡Qué bien, vas muy bien!", le dice para despedirse y después sale para hablar con mis papás. Yo trato de escuchar, así como cuando oigo ladrar a los perros por la noche. Oigo que platican algo, pero no alcanzo a distinguir lo que es; escucho llorar a mi mamá —sé que es ella—, pero no sé por qué llora, quizá es por mi hermano. Ella se preocupa, pero yo no quiero que se preocupe, me da mucha tristeza. También quiero que mi hermano esté bien, voy a verlo para que juguemos, pero le da la tos muy fuerte y ya no puede controlarla.

Hoy mi hermanito ha estado muy mal, no ha dejado de toser en todo el día; mi mamá sólo está con mi hermano, no ha salido para nada de su cuarto. Únicamente sale para llamar a mi papá o al doctor y después se vuelve a meter. Yo me quedo solo. Mi mamá sólo salió para darme de comer, pero luego se fue porque llegó mi papá con el doctor, traían muchas cosas que metieron al cuarto de mi hermanito Carlitos.

Al que no he visto para nada es a mi abuelo, seguro que ha de estar en la cantina con sus amigos. Mi mamá se enoja con él porque se va mucho tiempo; él está muy viejito, pero no deja de tomar, a veces, también le da la tos muy fuerte, así como a mi hermanito, sólo que mi abuelo carraspea muy fuerte y escupe, así se quita la tos. Una vez encontraron a mi abuelo tirado en la calle bien borracho, unos señores lo llevaron cargando a la casa; él no se dio cuenta, durmió todo el día en su cuarto hasta que lo sacaron para llevarlo al hospital donde lo tuvieron varios días. Hoy no ha llegado, pero por el problema de mi hermano sólo yo lo he notado.

Ya se hizo de noche, mi mamá nos mandó a dormir, pero yo no puedo cerrar los ojos y quiero escuchar a los perros. Escuchándolos he aprendido muchas cosas: a veces, cuando los perros ladran parece que se comunican con los perros de otros lugares, puedes escuchar la cadenita de ladridos, se escucha primero muy lejos y se van acercando poco a poco; te das cuenta porque se oye más fuerte y después se escucha cada vez más suave y se alejan.

En otras ocasiones, escuchas como ladran en diferentes lugares, parecen competencias, como si quisieran ganar ladrando más fuerte, y los escuchas por todos lados. Hay noches en que no escuchas nada, como si los perros hubieran desaparecido y entonces mi mente divaga buscándolos, mas no los encuentro; eso también me gusta, imaginar un mundo sin perros.

Pero lo que no me gusta es cuando los escucho aullar porque entonces me da miedo..., mucho miedo. Me tapo con mi cobija, dejo levantado un poquito por donde pueda respirar y..., ver..., ver hacia la ventana y escuchar a los perros que lloran al ver a la muerte porque saben que viene por alguien. Me quedo bajo mi cobija sin destaparme porque no puedo dormir y escucho cómo siguen aullando, hasta que poco a poco se van calmando y se quedan tranquilitos como si nada hubiera pasado.

Esta noche escucho a los perros muy tranquilos, apenas se oye ladrar a uno que otro; también escucho como mi mamá habla entre sollozos y muy bajito para que no se oiga, pero yo sí puedo oírla porque ya me había entrenado mucho todas las noches escuchando sonidos que pasan mientras todos duermen. Yo quisiera decirle que no se preocupe, que no va a pasar nada, que yo sé cuándo se va a morir alguien porque los perros avisan, así como me dijo el abuelo; no quiero oírla que llore. Pero mejor no le digo nada porque se va a dar cuenta que no duermo en las noches y me va a regañar.

A mi abuelo sí le platico lo que escucho, también le digo que veo una sombra a través de la ventana —la veo antes de dormirme—, sólo me dice que me tranquilice, que empiece a pensar en otras cosas, sobre todo en cosas agradables, o que rece para que ya no vea la sombra. Lo intenté varias veces, rezaba y me tapaba con las cobijas, y ya me podía dormir más tranquilo. Una vez, vi la sombra, recé y me tapé; cuando me estaba quedando dormido, me quité las cobijas de la cara y la vi sentada en la silla. Me volví a tapar, no quise quitarme las cobijas para nada; no podía dormir, pero no quería ver tampoco. Así pasé las horas hasta que me ganó el sueño.

Mi abuelo me cuenta muchas historias de su juventud. A él le gustaba salir con sus amigos a tomar por las noches, por eso tenía que regresar en la madrugada. Fue entonces que vio a una mujer vestida de negro, como si fuera una sombra que iba caminando por la calle, quiso correr, pero el miedo lo paralizó. Dice mi abuelo que esa mujer se aparece por los lugares que son muy viejos, como la casa en que vivimos que se construyó hace muchos años. A veces pienso que esa mujer es la sombra que veo por la ventana. Le dije a mi abuelo y él me preguntó: "¿Y le ves la cara?". Le contesté que no y me dijo:

—Entonces ha de ser tu abuela que ya viene por mí. No tengas miedo, nada más viene a visitarnos. Un día me va a llevar a mí de las orejas, ni cómo hacerle, entonces ya no la vas a volver a ver.

Mi mamá no quiere que mi abuelo me platique eso porque dice que son mentiras y que me mete en la cabeza muchas cosas y, luego, tengo pesadillas; entonces le reclama, pero él sólo se ríe y se sale. No se sabe de él hasta que regresa por las noches sólo para dormir. Mi abuelo es muy divertido, siempre está feliz, no se enoja con nadie, nunca regaña y, cuando puede, nos compra cosas.

Mi mamá se lo ha prohibido porque dice que despilfarra su dinero, pero no le hace caso. Sólo una vez, logré escuchar que él le decía: "Déjame, es lo único que puedo hacer…, además, será por poco tiempo". No sé a qué se refería: yo pensé que ya no nos iba a dar nada cuando creciéramos, así que mejor aprovecho y le acepto todo lo que me quiera dar aunque mi mamá dice que nos está malcriando.

Todos se preocupan por él, siempre lo están buscando. A veces lo han tenido que ir a sacar de las cantinas o de las pulquerías. Lo busca mi papá porque dicen que ya está viejo y que ya no aguanta como antes, que un día de estos lo van a encontrar tirado en la calle. Pero no es así, siempre llega, como dice él: "Tarde, pero llego". Mi mamá le reclama, él sólo ríe y le canta una parte de una canción que me enseñó: "No te fijes cómo vengo, lo bueno es que ya llegué, aunque venga bien borracho por los tragos que me eché…". Entonces ríe a carcajadas, le agarra los cachetes a mi mamá, le da un beso en la frente y se va a dormir.

Como quisiera que el abuelo estuviera aquí porque escucho algo raro en los perros, son unos cuantos, pero ladran tristes, algo está pasando. Se oye lejos, pero ahora se van acercando más sus ladridos. Empiezan a aullar. ¡Eso significa que ven a la muerte que viene por alguien! Pero se acercan más y más hacia acá… ¡El perro del vecino empezó a aullar muy fuerte! ¡Sí es aquí! Viene la muerte por alguien de esta casa. ¿Mi hermanito…? Él está enfermo. ¿Se va a morir?

No, no quiero que mi hermanito se muera, él es muy bueno; sólo se enfermó un poquito, además, el doctor dijo que ya iba a estar mejor. Ya no le ha dado la tos tan fuerte como ese día en que casi se ahogaba, que tuvieron que llevárselo bien rápido al hospital y lo dejaron muchos días con unas mangueras y una máscara para que respirara.

Ese día fue mi culpa porque yo fui a sacar a Carlitos de su cuarto. Mi mamá había salido a la tienda y tenía mucho que mi hermano y yo no jugábamos. Me metí y le aventé agua con mi pistola. Él salió corriendo para perseguirme y, antes de que me alcanzara, le dio la tos muy fuerte. Cuando llegó mi mamá, ya no pudo calmarlo. Ni me regañó a mí, sólo le decía a mi hermano de cosas hasta que se lo llevaron.

Ahora lo tienen ahí en su cuarto, no sé qué tantas cosas le hacen, pero no quiero que le pase nada. Mi mamá y mi papá están con él…, tengo mucho sueño, pero no me quiero dormir, quiero cuidar también a mi hermano para que no se muera. No puede ser cierto lo que dice mi abuelo…, tengo mucho sueño, mucho sueño… Ojalá mi mamá o mi papá también vinieran para cuidarme porque tengo mucho miedo de que le pase algo a mi hermanito…

Vi pasar algo al otro lado de la ventana; está cerrada, pero por la luz que entra alcancé a ver una sombra que pasó muy lentamente: es la muerte, sí…, y viene… ¡No, Dios!, no quiero que se lleve a Carlitos, no dejes que se lo lleve, prometo que haré todo lo posible por portarme bien. Le voy a hacer caso a mi mamá, a mi papá le ayudaré en todo lo que quiera, pero… ¡No dejes que se lo lleve!

La puerta está cerrada, pero alguien entró a la casa, nadie está despierto…, sólo yo, viene por él. ¡No…! ¡Alguien está en el cuarto! ¡Lo siento, no necesito verlo! No voy a abrir los ojos… ¡No quiero…! Alguien se sentó a un lado de mí, se hundió la cama…, está sentado a un lado…, muy cerca, estoy seguro de que, si extiendo la mano, lo puedo tocar.

¿Quién es? ¿Es mi abuelo que viene a verme? No…, no huele a alcohol, no es él. Huele a flores. ¿A flores? ¿Por qué a flores? ¿Quién es? A lo mejor sí es la abuela que viene a visitarme, pero ella murió hace tiempo. Voy a abrir los ojos y la voy a ver… ¡No puedo moverme…! ¡No puedo abrir los ojos…! ¡Se sube sobre mí, está sobre mí, siento su respiración, pero no puedo moverme! ¡Diosito, ayúdame!

Me tiene atrapado sobre la cama, no me deja mover, quiero gritar, pero no sale nada de mi boca. ¡Sí!, puedo mover mi pie un poco, lo muevo más y más bajo las cobijas, puedo quejarme más, ya puedo moverme. Ahora se ha ido esa sensación, ya no hay nadie sobre mí.

Empiezo a sentir otras cosas; ahora parece que floto, voy corriendo, brinco y vuelo sobre las casas, puedo ver todo. Veo algo allá abajo: el cuerpo de alguien tirado sobre la banqueta. Muchos perros están oliéndolo, corren a su alrededor, aúllan anunciando la muerte. Ese es el que va a morir, ¿quién es? Me acerco a él, los perros siguen aullando a su alrededor, no alcanzo a ver de quién se trata, se empieza a mover, se va a dar vuelta, quizá pueda verlo…

De pronto todo cambia, ahora veo a mi abuelo que está sentado en la orilla de la cama.

—No te asustes —me dice—. Todo está bien, no te preocupes, no va a pasar nada. Sólo quiero decirte que Carlitos pronto va a estar bien y que los voy a seguir cuidando. ¿Qué crees? Vino tu abuela por mí, me voy a ir con ella.

Entonces, veo que la sombra de una mujer se acerca a mí. Su velo negro le cubría el rostro; con sus manos delgadas y blancas, se iba a descubrir la cara…

Un grito sale de mí, grité porque me dio mucho miedo. Tengo sudor en toda mi cara. No está el abuelo, ni la sombra…, ni nada. Me levanto de la cama. Mi mamá llega corriendo:

—¿Qué te pasa? —me pregunta. Apenas puedo contestarle algunas palabras que ni yo entiendo porque estoy llorando. —¡Duérmete! —me dice—, sólo tuviste una pesadilla.

Sonó el teléfono de la casa, quien contestó fue mi papá, se escuchó algo inquieto; no alcancé a entender nada, pero le habló a mi mamá; ella se pone a llorar por lo que le dijo mi papá. Voltea para verme y me abraza sin dejar de llorar. Siento algo en el pecho, algo muy profundo, algo que me aprieta por dentro. Los perros están aullando... ¡Oh, Dios!, mi hermanito..., mi hermanito... Siento mis lágrimas salir de mis ojos. Yo sabía que eso iba a pasar porque escuché a los perros.

—Mamá, mamá. —Es la voz de Carlitos, él está en su cuarto.

Todos vamos a verlo. Está bien, mejor que antes... ¿Entonces? ¿Por qué lloran mis papás? Como si mi mamá hubiera leído mi mente, respondió: "Vamos a salir para traer a su abuelo".

No necesitan decírmelo, sé que mi abuelo está muerto, tirado en una banqueta ahogado de alcohol. La muerte vino por él para llevarlo con mi abuela; lo buscó aquí en la casa y no lo encontró, por eso fue por él afuera. Pero no me da miedo ni me da tristeza porque él ya la esperaba; porque él sabía qué es lo que pasa cuando ladran los perros por la noche.

Encerrado

—Tengo que ganar dinero de una u otra forma. Hace tiempo que no encuentro un trabajo estable. De qué me sirvió haber estudiado Contabilidad si no encuentro un empleo fijo…

—Sí, la cosa está difícil —le dijo el barman apenas poniendo atención, mientras preparaba algunas bebidas.

Pablo apenas y escuchó lo que el empleado del bar le decía, estaba inmerso en sus pensamientos y siguió hablando:

—…puros trabajos sencillos, gracias a que he estado haciendo algunas declaraciones de impuestos, he podido pagar algunos gastos, pero las deudas me ahogan cada vez más… ¡Tengo el agua hasta el cuello!

Mientras Pablo hablaba, un hombre alto y bastante delgado se acercó a la barra.

—¿Le gustaría hacer un trabajo fácil y ganar un buen dinero? —Le dijo el cliente—. Sabe, lo he estado escuchando y le ofrezco una oportunidad para ganarse una buena suma y así resolver algunos de sus problemas.

Pablo lo escuchó con cierta desconfianza.

—¿Disculpe…? —le preguntó—. No entiendo a qué se refiere con… "Trabajo fácil". En estos tiempos ningún trabajo es fácil, a menos que se trate de…

Inmediatamente el cliente lo interrumpió:

—No, no. No diga nada de lo que esté pensando. Lo que le propongo es muy simple y nada tiene que ver con propuestas que falten a su moral.

—Diga entonces —le dijo Pablo, mientras se acomodaba sobre el banco de la barra.

—Sólo quiero hacerle unas preguntas antes. Veo que usted hace ejercicio. ¿No es así?

—Sí, me gusta mantenerme en forma. He hecho ejercicio desde pequeño y, ahora, no puedo dejarlo.

—¿Y qué tal se alimenta?

—Pues siempre he procurado no comer "comida chatarra". ¿Pero qué tiene que ver todo esto con el trabajo que me ofrece?

—Tiene que ver con todo. Usted no se preocupe. Además, lo que le ofrezco es algo muy simple: se trata de alimentar a una persona tan sólo por una noche.

—¿Cómo? ¿Sólo llevarle de comer a alguien?

—Bueno, no así de simple. Lo que tiene que hacer es quedarse dentro de una casa, encerrado una noche, para poder alimentar a esa persona que no puede salir debido a una enfermedad que padece.

—¿Encerrado?

—Sí, así es. Debe permanecer encerrado. Pero no se preocupe, por ese trabajo se puede ganar usted diez mil pesos y en sólo una noche.

—Lo que usted me está diciendo me parece algo turbio. No entiendo cómo es que puedo ganarme diez mil pesos por sólo darle de comer a una persona.

—Pues así es. Usted reúne las condiciones requeridas para tal trabajo.

—¿Condiciones? Cada vez entiendo menos. Pero…, sabe…, me interesa el trabajo. Diez mil pesos por una noche no están para despreciarse. Sólo que necesito la mitad, usted sabe…, gastos.

—No se preocupe, entiendo —el cliente sacó de su cartera cinco mil pesos, como si ya estuviera preparado para hacer el gasto—. Aquí tiene, y por la cuenta del bar no se preocupe que lo dejo todo pagado. —Entonces sacó de la bolsa de su saco una tarjeta, entregándosela al hombre que lo veía intrigado—. Lo veo mañana sábado a las seis de la tarde en esta dirección, no falte por favor que lo estaremos esperando —sacó unos lentes oscuros que se colocó tranquilamente y dio media vuelta alejándose del lugar.

Pablo leyó la tarjeta entre susurros y la guardó en la bolsa del pantalón, mientras que el dinero lo metía en la otra bolsa tratando de ser discreto:

—Qué curioso —pensó— es algo raro, pero no es momento de pensar; es más grande la necesidad que la curiosidad. —Pasó al sanitario para arreglarse un poco y salió del bar pensando en lo sucedido.

Pablo se presentó en la dirección que le indicaba la tarjeta. Llegó puntual como era su costumbre. Dos minutos después llegó el cliente que lo había contactado en el bar.

—Gracias por ser puntual. La puntualidad habla bien de las personas y más si se trata de negocios —le dijo el cliente extendiendo la mano a Pablo para saludarlo.

—Es un hábito que mis padres me inculcaron. Pero no lo crea, lo pensé para venir. Si acaso me hubiera quedado con el dinero, usted no sabría en dónde buscarme, no le dije mi nombre ni mi dirección.

—Quizá tenga razón, pero ya le dije que usted reúne las condiciones necesarias…, aunque a veces se corran riesgos.

—Bien, pues aquí estoy, usted dirá señor… —Le dijo Pablo, decidido a ganarse el resto del dinero que le había prometido.

—No importa el nombre mi amigo, quizá sea la última vez que lo vea.

Esa última frase retumbó en los oídos de Pablo, quien de inmediato interpuso su queja:

—¿Cómo puede ser la última vez que nos veamos si aún me debe cinco mil pesos?

—Cierto, mi amigo, yo estaré aquí mañana temprano, a las ocho de la mañana cuando salga de aquí.

El hombre esbozó una sonrisa que a Pablo le inquietó, pero realmente toda esa situación le parecía inquietante.

—¿A las ocho? Está bien, pero ahora explíqueme, por favor, lo que debo hacer.

—Muy bien, pues, verá. Esta puerta se encuentra cerrada con candado, como puede notar. La única llave está en mi poder, yo abriré la puerta en este instante para que usted pase, pero inmediatamente la volveré a cerrar una vez que usted esté dentro de la casa. No podrá salir. La parte superior de la reja está electrificada. Solamente, volveré a abrir la puerta mañana temprano.

—Pero… ¿Por qué decía usted que ésta sería la última vez que lo vería?

—No me haga caso…, es que quizá pueda ser otra persona quien le pague.

—Ah, vaya, está bien. Continúe por favor, ¿qué debo hacer ahí dentro?

—Pues sólo debe de alimentar a la persona que se encuentra viviendo aquí.

—¿Está viviendo aquí encerrada?

—Así es, no puedo darle más información puesto que ni yo mismo conozco más. Ahí dentro tiene todo lo necesario y también le darán las indicaciones. Así que si es tan amable de entrar…

El hombre alto y delgado abrió el candado y movió la puerta para que entrara Pablo. La puerta rechinó debido a que pocas veces se mueve y ya se había enmohecido. A Pablo le pareció más la puerta de un ataúd de película de terror que el de un enrejado. El hombre cerró la puerta y puso el candado. Sin más, dio media vuelta retirándose del lugar sin voltear, sin dar la oportunidad de que Pablo expresara alguna pregunta.

Pablo miró alejarse al hombre, le pareció ver-daderamente extraño, pero como lo había reflexionado antes, necesitaba el dinero y estaba dispuesto a ganárselo. Subió los escalones que antecedían la puerta principal de la casa, tomó la manija de la cerradura y abrió. "Buenas tardes" —saludó—, sus palabras no fueron respondidas. Volvió a saludar, pero la respuesta fue igual. "Quizá no está", pensó por un instante, pero de inmediato recapacitó al recordar que el hombre le había dicho que no podía salir nadie de ahí.

"¿Entonces dónde se encontrará?", se preguntó mientras veía las cosas que se encontraban en la casa. La empezó a recorrer, todo parecía normal a excepción del silencio y de que la persona que debería encontrar dentro no estaba.

—Buenas tardes, ¿hay alguien en casa? —insistió y la pregunta le pareció una buena ocurrencia, sin embargo, nadie contestó.

Por su cabeza pasaban varias hipótesis sobre la persona que se podría encontrar en la casa; la que más le convencía era la de un anciano que podría estar en el baño y, por esa razón, no le escuchaba. Así que decidió esperar en la sala. Se sentó en un sillón que le pareció verdaderamente cómodo; notó pulcritud en los muebles a pesar de ser un lugar que no se abría constantemente y que no recibía gente.

A su alcance encontró el control remoto de la televisión, una pantalla plana que, a decir verdad, le parecía bastante moderna en comparación con los muebles que, aunque estaban en excelentes condiciones, no dejaban de ser de estilo arcaico. Se sintió atraído para encender la televisión, mas lo creyó un atrevimiento considerando que no se había presentado aún con el dueño de la casa.

Decidió esperar, pero los minutos le parecían pasar más lentos. No podía hacer otra cosa que esperar. El día le había sido pesado tratando de realizar algunas actividades para no dejar pendientes en su casa, así que el cansancio le agobiaba y el sueño le amenazaba. Los ojos los sentía pesados, la comodidad del sillón le invitaba a una siesta, el silencio le aburría y la espera lo mataba. Cuando sintió que los párpados se le cerraban, creyó que una persona pasaba por detrás de donde él se encontraba. Pudo percibir un movimiento:

—Disculpe, buenas tardes —dijo de inmediato pensando que el dueño había salido por fin, pero no vio a nadie al momento de girarse hacia donde sintió la presencia.

Decidió levantarse del sillón y buscar nuevamente. Entonces buscó a la persona que ahí se encontrara: subió las escaleras hasta llegar a la recámara. Tocó la puerta y nadie respondió, así que la abrió: la cama estaba muy bien arreglada y las cosas en su lugar, en un orden que le pareció simétrico, como si tuvieran un lugar específico.

Se acercó al baño y pudo notar que se había usado recientemente; eso le convenció que el dueño estaba ocupado y por tal razón no le había respondido. "¿Pero dónde estará ahora?", pensó y salió de la recámara. Se dirigió a la cocina y sólo encontró el mismo orden simétrico y la pulcritud en el aseo. Esa situación le estaba incomodando. "¿Dónde puede estar este señor?", se cuestionaba.

Decidió regresar a la sala y, para su sorpresa, encontró a una mujer sentada en el mismo sillón en el que él había estado momentos antes.

—¿Le gustó la casa? —le preguntó la mujer con un tono tranquilo.

Pablo se sintió desconcertado, nunca pensó que fuera una mujer quien estuviera encerrada en esa casa. Además, le pareció muy atractiva a pesar de que su apariencia le denotaba quizá cuarenta años.

—Disculpe usted el atrevimiento. No quise ser tan entrometido, pero es que no respondían y pensé que podría encontrarla en otro lugar de la casa.

—No se preocupe —le dijo la mujer, quien se levantó del sillón dejando ver un cuerpo esbelto y atlético.

Fue otra sorpresa para Pablo, pues no sólo notó lo hermoso de su cuerpo, sino la elegancia y sensualidad con la que se desenvolvía. Pablo reaccionó de inmediato cuando se vio sorprendido por la mujer, ya que él la seguía mirando verdaderamente atraído por la dama.

—Usted dirá, ¿en qué puedo ayudarla? El hombre que me contrató me dijo que debería…

La mujer no dejó a Pablo terminar la frase:

—Usted no se preocupe por ahora, sé muy bien por qué se encuentra aquí, así que dejemos eso para después, hay momento para todo. Ahora me gustaría conocerlo un poco más. ¿Qué le gusta comer? Lo veo que es delgado y mantiene un cuerpo esbelto.

—Realmente soy vegano —le respondió algo intrigado por la pregunta y actitud de la mujer—, considero que es la mejor forma de alimentarse. ¿Y usted?

—A mí sí me gusta la carne. Creo que es la mejor forma de consumir proteínas. Pero no me gusta cualquier tipo de carne, la que como debe ser especial. —La mujer fue a la cocina y regresó con una botella de vino tinto—. ¿Gusta un poco?, el vino es muy bueno para la circulación sanguínea.

—Sí, claro.

—La carne debe tener un sabor especial; le diré que es muy difícil encontrar una que valga la pena.

—Pues no creo que sea así, la carne es fuente de enfermedades. Es verdad que de ahí se obtiene proteína, pero hay otros alimentos que la pueden proveer.

—Puede ser cierto, sin embargo, no se compara con un exquisito trozo de carne suave y jugoso.

—Siento no estar de acuerdo con usted. Pero es cuestión de gustos. ¿No cree?

—Creo que tiene razón y, como dice la sabiduría popular, *en gustos se rompen géneros*.

—¿Le gustaría un poco de ensalada?

—Sí, me gustaría —le respondió Pablo extrañado de lo que estaba sucediendo.

La mujer fue nuevamente a la cocina y regresó de inmediato con un platón lleno de ensalada, entre vegetales y frutas. Pablo la recibió y empezó a comer mientras dejaba salir una ligera sonrisa.

—¿Qué es lo que le causa gracia? ¿La ensalada? ¿No le agradó?

—Sí, claro, la ensalada está muy sabrosa. Es sólo que pensaba que era yo quien debería de darle de cenar a usted, y no al revés.

—No se preocupe. Ya le dije, hay tiempo para todo. Además, me agrada que le haya gustado la ensalada. Me parece muy bien que desintoxique su cuerpo. ¿No cree usted?

—Bueno, sí, creo que en eso tiene razón.

—Claro que la tengo, así sus músculos han de estar bastante suaves..., digo, relajados. Pero además hay otras técnicas para lograr que una persona se relaje.

Pablo entendía cada vez menos qué es lo que esa mujer tramaba, pero decidió seguir con el juego:

—¿Cómo cuáles?

La mujer miró a Pablo a los ojos y se humedeció los labios ligeramente con la lengua; pasó su mano derecha sobre su cuerpo desde los senos hasta su entrepierna. Pablo no pudo evitar sorprenderse al ver el movimiento de la mujer. En seguida vio cómo ella llevaba su mano hacia su espalda para bajar el cierre del vestido y dejarlo caer. Su fina lencería era lo único que la cubría. "Dios mío", pensó Pablo. "Es más hermosa de lo que imaginaba. Y tiene un rostro verdaderamente angelical".

La mujer se acercó a Pablo, mirándolo a los ojos casi sin parpadear y sólo se detuvo hasta que sus senos tocaron el pecho de él. Pablo la tomó de la breve cintura y percibió su piel tan suave; pronto se motivó a llevar sus manos hacia el dorso de la mujer, quien llevó sus brazos para rodear el cuello de Pablo. Él detuvo sus manos en el borde de los frondosos senos de ella y no pudo evitar excitarse cuando la mujer le besó en los labios. En ese momento, se olvidó de su condición civil, del lugar donde estaba, de la tarea que debía cumplir y se entregó sin reservas a la mujer. Sintió un cosquilleo en todo su cuerpo mientras hacían el amor.

Pablo no pudo definir cuánto tiempo transcurrió, pero ese éxtasis de pasión carnal le había despertado un deseo desenfrenado de seguir amando a esa mujer, quien se había entregado a él sin darle a conocer su nombre. Sin embargo, pronto se dio cuenta de un ligero mareo que sufría; el cuerpo lo sintió débil, pero no pudo más que esbozar una pícara sonrisa al pensar en el origen de esos síntomas. La mujer respiraba profundamente para tratar de controlarse. Al notar la pausa de Pablo, comprendió que debía detenerse.

—Descansa, tómate tu tiempo —le dijo ella mientras tomaba su vestido para cubrirse sin importarle su ropa interior.

Su paso se hizo más sensual, más cuidadoso. Se dirigió a la cocina y se perdió por unos instantes de la mirada de Pablo, a quien no le importó cerrar los ojos para dormir pensando en el momento que había vivido momentos antes.

El tiempo transcurrió y Pablo se movió, quiso recuperarse del sillón donde se encontraba, pero su cuerpo estaba muy pesado, apenas podía levantar sus párpados. Quiso hablar, pero sus labios no se movieron con la agilidad que él hubiera querido. Sintió la presencia de la mujer pasar cerca de él, pero no pudo moverse. Volvió a cerrar los ojos y dormitó nuevamente. Los minutos transcurrieron, quizá fue más tiempo, no lo podría saber. Trató de incorporarse, pero sólo pudo sentarse. Sus párpados seguían pesados aunque su cuerpo reaccionó mejor.

Entonces, pudo notar que la mujer se le acercó y sintió que le limpiaba su cuerpo desnudo con una toalla húmeda. La fricción despertó aún más su cuerpo, así que se levantó para buscar a la mujer. Trastabillando, caminó hacia la cocina donde creyó que ella estaba, mas no la encontró. En su lugar, vio que en la cocina se preparaba una especie de caldo con verduras. Había algunos utensilios y condimentos que podrían ser para el guiso. Se acercó a la olla y pudo percibir un aroma agradable: "¡Qué sabroso huele! Ha de ser la cena de ella —pensó—. Sólo le falta…".

—La carne, le falta la carne para el guiso.

Pablo escuchó la voz de la mujer como si le hubiera adivinado el pensamiento. Giró lo más rápido que pudo, pero no la encontró. Adormilado y tropezando, fue en busca de su ropa. Su cuerpo estaba aletargado, le costó trabajo meterse en los pantalones. Cuando dio vuelta para encontrar la camisa, se topó de frente con la mujer que ahora usaba un vestido de noche, azul marino, bastante elegante.

—Discúlpeme, pensé que no estaba. ¿Piensa salir?

—Ja, ja, ja, ¿cómo podría? Me vestí para cenar. Es lo usual, ¿o…, no es así?

—Quizá tenga razón. No lo sé. En realidad, yo no tengo esa costumbre…

—Sin embargo, se encuentra perfecto. Puede quedarse así. ¿Por qué no me acompaña?

Siguiendo a la mujer, Pablo fue hacia la cocina y se sentó a la mesa, donde pudo percibir el aroma del guiso que se estaba cocinando. Ella se acercó a la alacena y tomó un cuchillo cebollero, lo escondió de la mirada de él, y caminó dando vueltas alrededor del asiento de Pablo.

—La cena es más que alimentarse, es el momento más sutil del día, es la oportunidad de reflexionar sobre lo sucedido durante la jornada mientras se saborea un buen alimento —le explicaba la mujer.

Ella puso una mano sobre el hombro de Pablo, le abrazó cálida y sutilmente. Con la otra mano sacó el cuchillo y lo puso sobre su cuello. Pablo se sentía tranquilo y aunque notó que el cuchillo cortaba su piel, no hizo por separarse. Algo había en él que no lo dejaba exaltarse.

—El cordero es un animal que no chilla antes de morir. Por eso lo ofrecían en sacrificio. Su carne es suave porque sus músculos se relajan antes de morir, aceptan su muerte, aceptan su destino.

Pablo cerró los ojos, no se inmutó al sentir que la punta de la hoja del cuchillo le abría la piel:

—Estoy dispuesto.

—¿Dispuesto a qué?

—A compartir contigo. Pues, a veces, es necesario satisfacer más necesidades que sólo comer. Sabes…, la soledad nos carcome poco a poco desde las entrañas; no te deja vivir en paz, sientes un vacío tan profundo que no logras llenarlo con nada; y nos vamos consumiendo poco a poco hasta reducirnos a nada. Esta noche aquí contigo pude encontrar lo que me falta…, lo que nos falta. ¿No crees que compartir con alguien tus penas, ilusiones, tristezas y alegrías puede ser el mejor alimento para el alma?

Victoria respiró profundo. Apretó fuerte el mango del cuchillo, y, en ese momento, supo lo que tenía que hacer.

A la mañana siguiente, el hombre alto y delgado llegó puntual para abrir la puerta de la entrada.

—¡Victoria! —llamó a la mujer. Ella no contestó. Fue Pablo quien salió.

—¿Tiene mi dinero restante?

El hombre alto estaba sorprendido de ver a Pablo salir tranquilo, sin problemas. Quiso entrar a la casa, pero Pablo lo detuvo:

—Mi dinero, por favor —el hombre sacó un fajo de billetes y se lo entregó muy a pesar suyo.

—¿Y Victoria?

—Está adentro, no se preocupe, todo está bien. Mejor de lo que esperaba.

Pablo se guardó el dinero, salió a la calle y, antes de emprender su camino, miró hacia la ventana donde Victoria le ofrecía una sonrisa. Pablo asintió con la cabeza y caminó por la calle sin voltear en ningún momento.

El sastre

Hubo una vez, en un pequeño reino, un hábil sastre que por circunstancias trágicas del destino perdió a todos los integrantes de su familia: su esposa que tanto amaba y a sus entrañables hijos, quienes no volverían a estar con él. Al verse solo pensó: "¡A nadie le importo en esta vida!". Entonces, decidió…, suicidarse.

Dispuso lo necesario para acabar con su existencia; colgó una soga y se la puso al cuello. Cuando estaba a punto de colgarse, tocaron a su puerta.

—Toc, toc.

—¿Quién viene a interrumpir? —gritó con enfado.

—Señor sastre, vengo a verle —se escuchó una voz.

El sastre dejó su fúnebre tarea y, un tanto molesto, abrió la puerta. Se trataba de uno de los hombres más ilustres del lugar.

—Necesito de su trabajo —le dijo—, pues se llevará a cabo en el palacio una celebración majestuosa, y requiero que me confeccione un traje para lucir bien esa noche; pues, recibiremos al hombre más importante del reino. El sastre aceptó y confeccionó el traje. Cuando lo terminó, se lo llevó al honorable personaje.

Al regresar a su casa, el sastre volvió a sentir el agobio de la soledad, así que retomó su idea suicida. Sólo que, en esta ocasión, pensó que debía hacerlo más rápido, pues podría llegar alguien a interrumpirlo. Tomó su escopeta, la cargó y la dirigió a su cabeza; dudó por unos instantes y cuando estaba a punto de apretar el gatillo…, volvieron a tocar a su puerta.

—Toc, toc. Toc, toc.

El sastre aventó la escopeta y abrió la puerta, era otro hombre, perteneciente a la corte del rey:

—Necesito que me confecciones un traje —le dijo—, pues se celebrará en…

—Sí, sí... —le interpeló el sastre con fastidio—, una gran reunión, pues llegará el hombre más importante del reino —el sastre no quiso escuchar más y, con apego a cumplir con su oficio, se dispuso de inmediato a zurcir el traje.

Durante varios días estuvo ocupado confeccionando trajes, vestidos, capas y hasta sombreros, ya que todos querían verse bien para cuando recibieran a ese hombre tan importante. Cuando creyó que ya había terminado, pues era el día de la celebración, pensó que era momento de llevar a cabo su trágica idea. Tomó nuevamente la soga y la escopeta para que no hubiera errores. Apenas estaba preparándose cuando volvieron a tocar.

—Toc, toc, toc, toc. —Pretendiendo que lo dejaran en paz, el sastre no abrió—. Toc, toc, toc, toc. —Insistieron, mas el sastre no abrió—.

Fue entonces que escuchó la voz de quien le llamaba:

—¡Señor sastre, vengo a verle porque necesito que me confeccione un traje! —Reconoció claramente la voz. ¡Era el rey en persona! Y pensó que no podía hacerlo esperar, y le abrió de inmediato.

—Señor, me ha de disculpar por no abrir a tiempo, pues he tenido mucho trabajo y quería descansar, descansar por fin.

El rey lo escuchó, pero sólo le contestó:

—Quiero que haga un traje especial, pues… —El sastre se atrevió a interrumpirlo.

—Sí, su majestad, quiere lucir usted bien para cuando llegue ese hombre tan importante.

—Así es. Sólo que el traje no es para mí, sino para él. Lo llevas hoy por la noche. —El rey dio media vuelta, subió a su carruaje y se retiró con toda su comitiva.

El sastre no pudo decir más, no pudo preguntar, tenía varias dudas: ¿cómo será ese hombre? ¿Qué talla? ¿Qué altura?... No podía imaginarlo y no podía fallar en su encomienda. Pensó entonces que sería su último trabajo, que debería hacer el mejor traje para que al menos lo recordaran en el reino por un trabajo excepcional, ya que, pasando esa noche, él podría despedirse de esta vida tranquilo —nadie más iría a molestarlo—.

Así que sólo se dedicó a cortar su mejor tela; le puso tanto empeño y cuidado en cada costura que las líneas se veían perfectas. Se levantaba para medir el traje frente al espejo y volvía a la costura. Ni el cansancio, ni el dolor en la espalda, ni los dedos lastimados, mucho menos su visión gastada, lograron separarlo de su tarea; fue ver terminado a su gusto el traje que le solicitaron.

Esa noche lo llevó al palacio donde estaban reunidos todos sus conocidos, quienes lucían los trajes que él mismo les había confeccionado. Los miró a todos contentos con sus vestidos. Se miraban felices, plenos de alegría. No podía creer que estuvieran tan contentos con su trabajo. Pero aún no lograba encontrar al personaje a quien debía entregar el traje. Caminó entre los invitados, quienes le abrían paso, hasta que llegó ante el rey. Mostró el traje ante todos. Los asistentes no se sorprendieron, pues sabían de su destreza; sólo reconocieron su trabajo asintiendo con la cabeza y con un efusivo aplauso. El sastre se sorprendió y se dirigió al rey:

—¿A quién entrego el traje, señor? Para medirle el traje.

—No necesitas medirlo a nadie —le respondió el soberano—, hiciste un traje a la medida, un magnífico traje para un magnífico ser. Debes usarlo tú, porque no hay nadie más importante que la persona que entrega toda su vida, talento y corazón para que los demás luzcan felices en la vida.

El sastre se puso el traje y disfrutó hasta el amanecer con sus amigos. Se encontraba dispuesto a disfrutar de la vida sin faltar nunca a lo que le gustaba hacer.

El viejo

Caminaba el viejo por la árida vereda, apoyaba su bastón entre las piedras para no caer y lastimarse la cadera. Iba con calma, pensando en su pasado, con su cuerpo encorvado, con sus años a cuestas. Paró de pronto, se llevó la mano al pecho, respiró profundo, una…, dos veces…, respiró más profundo; ya más tranquilo, prosiguió su paso, miró las tierras, sus tierras que hace años se habían dejado de trabajar. Inmerso en sus pensamientos apenas escuchó, tras de él, el galopar de un caballo. Un jinete vestido de negro, levantando polvareda con su brioso caballo, le dio alcance y, poniéndose frente a él, le tapó el paso.

—¡Epa, viejo! —gritó el jinete—. ¡Párate ahí que vengo a matarte!

Hace tiempo que el viejo ya había aceptado la muerte; mucho antes de lo esperado, sus acciones de tiempos pasados le cobrarían cuentas tarde o temprano, y no podría ser otro momento más esperado que ahora, ya que había llegado el hijo del caballerango. Hace veinticinco años de aquel tiroteo, de aquella muerte. El anciano detuvo el paso, con un ademán se levantó el sombrero, miró al jinete que lo miraba impetuoso y le dijo pausado:

—Te estaba esperando.

El viejo miró directamente al jinete, era muy joven —quizá 25 años—; vio en sus ojos un brillo de rencor, eran iguales a los de su padre, el caballerango. Los recordaba muy bien porque se le quedaron grabados desde esa tarde en que fue a buscarlo en el billar, donde estaba jugando con sus amigos. Era un tipo impetuoso, soberbio y prepotente, dispuesto a conseguir lo que se propusiera sin importar sobre quién pasara para lograrlo. El viejo, que en ese tiempo aún tenía la fuerza para pelear, le habló al tiro:

—Oye, Juan Arango, te estaba buscando. Dime si te encuentras armado que quiero arreglar mi asunto contigo de una vez por todas; dime, no te quedes callado.

El caballerango soltó el taco sobre la mesa. Mientras sus amigos se retiraban, les hicieron espacio; miró al que le gritaba y le contestó sobrado:

—Sí, vengo armado, eso nunca me falta; aquí estoy para arreglar tu asunto, ese por el que me andas buscando. ¡Felipe Arango!

Felipe se quedó parado, respiró profundo y miró directo a los ojos del caballerango, se hizo un silencio tenso. Y a pesar de la gente que se encontraba ahí, no hubo ruido alguno hasta que gritó Juan:

—¡Ya le estamos dando!

Los dos hombres empezaron a disparar, moviéndose de un lado a otro, hasta que Juan cayó con un balazo en la garganta, ahogándose en su propia sangre. Felipe se acercó al herido, le sacó de la bolsa de la camisa un papel que después guardó en su pantalón; miró nuevamente al sujeto, quien había dejado de respirar. Llamó su atención sus ojos abiertos e inertes y, por un instante, quiso cerrárselos, pero algo se lo impidió. Nunca olvidó esos ojos sin vida, el mismo tipo de ojos que tenía el joven que ahora lo estaba amenazando.

El joven no había dejado de observar al anciano que respiraba con dificultad; quitó el broche de la funda —también él respiraba agitado—, sacó la pistola, le temblaba la mano, le apuntó al viejo directamente al corazón. El viejo Felipe lo observó, se dio cuenta, el muchacho no había matado a nadie:

—Oye —le dijo—, debes quitarle el seguro a la pistola si quieres que dispare, pero no tiembles, respira profundo, mantén firme el brazo y ligera la muñeca; no pongas el dedo en el gatillo que se te va el tiro y, quizá, no logres matarme.

—Usted no es nadie para decirme lo que haga. ¡Cállese mejor si no quiere que lo mate ahora mismo!

—¿Y por qué no lo haces?

—¡Ese es asunto mío! ¡Juré que lo iba a matar cuando cumpliera 25 años, en esta fecha, misma en que fue asesinado mi padre!

El viejo calló, decidió no decir otra cosa, estaba dispuesto a morir, a recibir el balazo; sintió un fuerte latido, llevó su mano al pecho, pero no para calmar su palpitación, sino para sacar un papel doblado, algo maltratado y amarillento, que siempre llevaba con él. Lo estiró en su mano y extendió el brazo como si se lo estuviera entregando al muchacho. En ese momento, notó cómo el joven intentaba hacer lo que él mismo le había dicho; vio cómo quitó el seguro, respiró profundo, estiró firme el brazo:

—Qué gusto que haya alguien que todavía haga caso —le dijo—, ahora ya no hay jóvenes así.

—¡Cállese, viejo! ¿Qué no entiende que vengo a matarlo? Pero…, dígame, ¿qué es eso que tiene en la mano?

—Es la razón que vienes buscando.

El joven golpeó con las espuelas al caballo, éste respingó e intentó moverse, pero jalando la rienda, logró controlarlo. El jinete con su caballo dio vuelta sobre su propio eje hasta que volvió a quedar frente al viejo, quien sólo lo estaba mirando.

—¡No vengo a buscar nada! —le gritó—, ¡mejor vaya rezando porque se va a morir!

El viejo no pudo evitar esbozar una sonrisa, movió la cabeza de un lado a otro y le contestó:

—A un viejo como yo, rezar no le sirve de nada, se reza cuando tienes miedo y yo no lo tengo. He muerto en vida muchas veces y…, es más doloroso seguir viviendo. Yo merezco morir, por todo lo que hice junto con tu padre, pero… ¿Tú estás dispuesto a convertirte en un asesino?

—Pero…, ¿qué tiene que ver mi padre con usted? No tiene ni por qué mencionarlo, no tiene derecho. Usted lo mató y por eso se va a morir.

El joven intentó apuntarle al viejo, pero el caballo se movió. Trató de controlar al caballo, pero su propio nerviosismo lo espueleaba; también intentó controlar la pistola, su inexperiencia le hizo soltar el arma que cayó junto al viejo, quien al verla frente a él, notó que el joven bajaba del caballo a toda prisa para tratar de recuperarla. Con sólo un esfuerzo, al viejo le bastó para agacharse y tomar la pistola; cuando lo hizo jaló del martillo y apuntó directo al muchacho, quien se quedó de una pieza al verse indefenso.

—Un movimiento de un dedo y todo se acaba —le habló el viejo—, pero después sólo queda la soledad y los rostros de quien matas se graban en tu mente. Los ves una y otra vez, pero lo más difícil es seguir viendo los ojos porque se te clavan en el alma y no te dejan dormir; escuchas cómo los muertos te hablan todas las noches. Tratas de olvidarlo, te embriagas miles de veces y sólo logras recordar la escena del día en que los mataste… Llorar no te sirve de nada… Lo peor de todo es que vuelves a matar cuando te pagan por hacerlo; aprendes con una vez y, después, es fácil. Te buscan para que hagas por otros, lo que ellos no se atreven. Te conocen por ser un vulgar matón, todos se alejan de ti. Te ven como un animal. Tu esposa e hijos no importan, no piensas en ellos, entonces, matas para seguir viviendo, sin importar que sean de tu propia familia…

El joven miró que el viejo lloraba; las lágrimas se escurrían por sus mejillas arrugadas, pero con los ojos fijos mirando sin punto definido, perdido en los recuerdos. Por un momento, sintió pena por el anciano, quiso saber de pronto tantas cosas.

—¿Por qué mató a mi padre?

El anciano dejo sus recuerdos para contestarle:

—La razón está a tus pies y en este papel. ¡La tierra hijo, la tierra que, hace tanto tiempo, está abandonada!

El joven se controló un poco, buscó acercarse al viejo para que en un momento de distracción pudiera quitarle la pistola. Los reflejos de él, seguramente, eran más rápidos.

—Pero, usted... ¿Qué relación tuvo con mi padre?

—Juan Arango fue mi primo, éramos como hermanos, crecimos juntos, aprendimos a defendernos; en toda la región nos hicimos muy respetados..., mejor dicho, nos temían. Pero no entiendo por qué tuvo que pelearme la tierra, a mí..., casi su hermano. Un día fue a mi casa para robarme, sacó este papel, donde dice que soy el dueño de estas tierras en las que estamos parados. Pero él no lo entendió, quería todo para él...

El viejo soltó el papel que cayó junto al joven, quien no intentó hacer nada. También tiró la pistola frente al chico que extrañado volteó a mirar al anciano:

—¡Anda, agarra la pistola y mátame, ya te dije que te estaba esperando! Nadie te va a culpar, además, a nadie le importa un viejo solo y amargado. Pero sólo piensa si quieres vivir o morir como los primos Arango.

El joven no contestó, no agarró la pistola ni vio el papel; agarró la rienda de su caballo y lo montó:

—¡Ahí se queda, viejo, con sus penas, a usted no puedo matarlo porque ya está muerto! Entonces, agarró la cuarta, golpeó el caballo y se alejó a todo galope sin voltear por nada hacia atrás.

El viejo lo vio alejarse, respiró con dificultad, intentó respirar nuevamente, pero ya no pudo; aflojó su cuerpo, fue cayendo despacio, no miró al cielo, no tuvo razón ni tiempo para hacerlo. Se llevó las manos al pecho formando una cruz con ellos, dobló las rodillas hasta caer hincado, inhaló con dificultad y dejó caer el resto del cuerpo a la tierra seca; la tocó con su rostro como si fuera a darle un beso y cayó totalmente de bruces; estiró su cuerpo, abrió la boca para jalar aire y exhaló su último aliento, levantando una suave brisa frente a su rostro.